KB063148

강릉호詩절

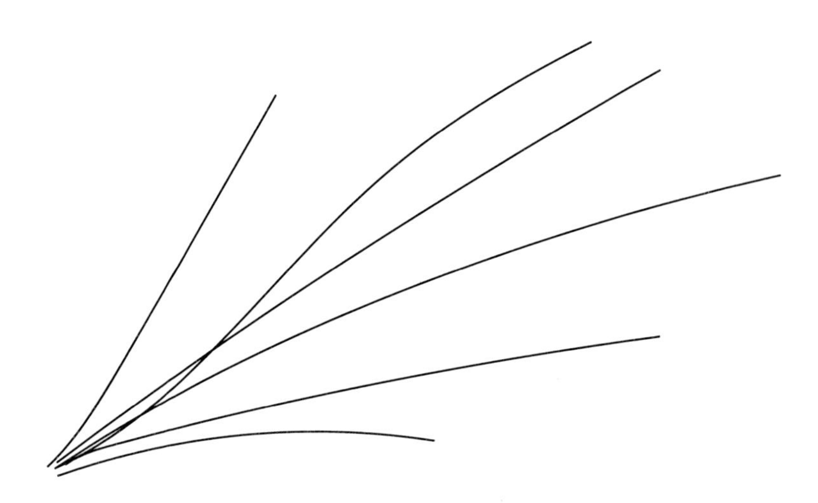

임호경—조르바

차례

1. 강

2. 언덕

1

강
江

잠시 허름했던 방앗간을 벗 삼아

잠시 허름했던 방앗간을 벗 삼아
손가락에 감긴 잔을 든다

움직이는 매화에
미동 없는 새
담장에 새겨진 체취로
80년을 지나온 소리

좋고 또 좋아
좋아서 좋아
좋은 좋음을 좇아온

자유로운 사제들
고운 검음을 만드는 사람

그리고 술 향기에 섞인 이들
남모르게 아늑하다는 골목에
돌아온
돌아갈 곳 없지는 않으나
잠시 남루했던
영원의 여행자들

이곳에서 검고 좋게
고와지자

들꽃향기

진하지 않아도
가슴에 있다

선선한 바람에 자라는
들판의 소리

초록빛 광장에
머문 이들 사이로

희고 또 지는
언제든 피어날
그런 다발의 향기

고요한 굴렁쇠

고요히 스며 구르는 원
애쓰지 않아도 돌아오는
물렁대는 철의 궤적

한 점이 돌아오는 흙 위에
던져진다
긴 화살

들어가지 않은 선은
면이 되고요

그대와 다른
자네의 고요한 면

그 이른 밤,
정적의 투호

동그랗게 놓인 병에
모인
원이 된 면이 있는 선

살리오

때로, 여기 살리오

묵묵히 저며올 때
무언갈 그만둘 때
이래도 거뭇할 때
티 없이 맑아도
명치 어드매 간지러울 때

그럴 때 아니어도
살리오

이유 없이
물음 없이
화가 난 회색 없이

미련하게두렵게옹졸하게다시크게마음맞게지겹지않게
심심하게크게신도나게

바람이 분다,
(때론, 그것과 무관하여도)
살리오

자자

자자

다 끄고
불도, 물도, 이마도

이제 자자
뇌를 끄고, 숨은 쉬고

겨우 자자
기다란 타르 속에서
늘어지고 부러진
못 들었던 잠만큼
검게, 짙게 눈을 덮자

자잘한 먼지와
미세한 걱정과
아련했던 욕심 모래에 묻고

너는 잔다

머묾을 소화하다
모레 즈음 깨어도 좋다

오히려 좋아

김 생긴 모양대로
미역 감긴 패턴대로
고등어 무늬 촉감대로

그대로가 좋아

톳이 더해진다면
전복이 움직인다면
해파리가 춤을 춘다면

오히려 좋아

생각한 대로는 아니었어
의도한 미래와는 달랐어
지난한 내년쯤 알 수 있어

나는
오히려,
~~오리혀가 좋아~~
오히려가 좋아

14

조아한 공기

손톱과 어금니

너무도 요긴하여
보이지 않았다

좋아하는 것
참으로 많다던 이

어느 뻗어나가는 땅에서 온 이

여기, 강과 언덕에
살았다

그이, 벗과 함께
첫 숨을 마신다 한다

사흘 같은 한 달, 지난다

어금니와 손톱

둘이 함께 내쉬는 문장은
홀로보다 더 조아하다

장마 즈음 장미

찌는 수증기 속
단정한 직육면체

창문 옆 완강기에는
장미가 대롱 걸려있다

반대로 걸리어 있다

줄기는 꽃을 붙잡고
잎의 낙하를 저지하며
장마의 수분을 흡입한다

살아있는 꽃은
아무래도 거꾸로는 못 자라지

그 꽃 말라 있으니,
중력보다 자유로워라

습기에 아랑곳하며
완강한 기세로

떨어진다

뿌리 없이 위로 자라난다

16

드림의 뒤편

달의 저편은 볼 수 없다 한들

한낮 꿈의 뒷모습은
어떤 영롱함을 품고 저물까?

당신에게 드리리
뒤로도 꾸는 꿈

이미 드린 밤,
고이 거두어들여라

변해간다면
받아들여 재우리

해변 위 간헐적 명상은
뒤에서 보아야
명당이다

보이는 패도 너를 보고있다.

장자 왈,
패가 보인다

밥 먹었어?
안 먹었어
뭐 먹었어?
죽 먹었어
편 먹고
물 먹고
겁 먹은 도로의 사람들

나를 읽지 마
나를 보는 너를 알아챈 나를 모른척하고
우리의 패를 숨겨두자

도도 도라 하지 말고
꿈은 깨어도 나비고
물고기의 즐거움*은 물고기만 안다
안다고 하지 말자고 할 때
그 패는 나를 보고 있다

* 장자가 당대의 변론가 혜자(惠子)와 함께 호수(濠水)의 다리를 거닐다가 장자가 문득 이렇게 말한다. '물고기가 나와 유유히 노닐고 있으니, 이것은 물고기의 즐거움이야'라고 하니, 혜자가 말하기를 '그대는 물고기가 아닌데, 어떻게 물고기의 즐거움을 아는가'라고 했다. 장자가 '그대는 내가 아닌데 어떻게 내가 물고기의 즐거움을 알지 못한다는 것을 아는가' 라고 하니 혜자는 '본디 나는 그대가 아니니 그대를 모르네. 그대도 본래 물고기가 아니니 그대가 물고기의 즐거움을 알지 못하는 것이 분명하네' 라고 했다.

장자가 말하기를 '이야기의 근본으로 되돌아가 보세. 방금 그대가 내게 그대가 어찌 물고기의 즐거움을 아는가라고 물은 것은 내가 물고기의 즐거움을 아는 것을 이미 그대가 알았기 때문이네. 나는 호수의 다리 위에서 그 즐거움을 아는 것이지'라고 했다.

〈1일 1독〉 김원중, 민음사

주택 배수

짚으로 만든 집도
짚으로 만든 집의 지붕도
물을 막는다

새는 곳은 없어
흐르는 길이 있어

음률에 익은 실핏줄
눈을 감아 선율

음의 집에
마음이 샌다

그 누수
막을 필요(수가) 없어

긴급 배수 지원!
낮은 물을 들어 올리자

오래된 맑은 음
파도로 흐른다

네모네

몰랐지만,
알고서도,
어줍지 않게,
어쭙잖지 않게,
모나지 않고,
살 수는 없을 거야.

삼각의 긴장도
둥글어졌다
별도 되었다
무뎌질 때

자신 있게 말하리라.

ㅡㅡㅡㅡㅡ
ㅣ네모네ㅣ
ㅣ모네모ㅣ
ㅣ네모네ㅣ
ㅡㅡㅡㅡㅡ

네모 맞네.

무녕옷

물들이지 않으면
물들고 마는

희디흰 태

꾹꾹 눌러쓴다
백색을 뚫고
검정을 건너

사이

무명으로 만든 글은
곧 옷이 될 거예요

솜을 타고
고치 말아
실을 자아서
날고 매어
짠

하양 위의 검은 족적
그 옷 참 멋지다

일부러 셀 수 없는 것들

지속 가능한 지속 가능함을
더 이상 지속할 수 없다는 팩스를 받고
딱히 놀랍지는 않았어

빙하는 녹고
개울만 흘렀다

그들은 역시 마일드한 와일드였구나

속았다!
망각의 바다 속에
이런 상태를 만드는 것

지금의 환경과 저들 옆 환경이
그리도 달라서

방심조차 못 하고
도시의 개들처럼 찾아 올라갔더니

분수대 위 옥상에
내 십대가 있고
가출이 있고

거울도 없이 동굴에 있는
고인 물과 배우 하나가 있다

분장실이라던 술집
분명 그 곳은 사라졌다

흐즈

혼자 해장하는
호주
환자

휴지 한 장
헛질 형제

현재 회장과 한잔
한자 흔적의 확장

화재 회전의 훈장도 합작
환전 확정의 행정적 현장

혼잡한 해적의 할증 협정 횡재 행진을 하자

화장한 효자와 화자
황제 옆 학자의 협조

현자의 행적
확장의 활자

함정도
허점도
흑자

흡족한
ㅎ ㅈ

초롱불

못다 잔 밤들만큼
별건 대낮이 툭 왔으면
좋겠다

호롱불 들고 나가서
초롱을 안에 들였다

기다림이 없어도
바람 한 점 없어도

하나의 불에
붉은 옷을 두르고
들인 불 들어본다

그림자는 청색
아래를 비추고

흔들려도 이 불
먼 별만큼 밝아
이 방의 마음도
두 개로만 나뉘어

조용히
초롱히
타면 되겠다

머루 피

포도에 달게 맺힌 한 방울
이끄는 이의 피는 푸르다

누구든 가지고 있지만
인도에만 없는 루피 두 장

찾아가는 길은 헤매어져도
새로 밟는 땅, 모를 것도 없어

파고의 끝은 결국
멀리 떠 있는 선과 만나지

하늘은 항상 하늘 색
바다도 가끔은 하늘 색

파도,
순간,
하늘색

뱁새

뱁새가 황새보다
빠르다

뱁새가 황새보다
놀랍다

뱁새가 황새보다
노래 잘한다

황새가 뱁새걸음 하면
넘어진다

붉은머리오목눈이
다 알고 있지만

비교하고 안 산다
그저 잘 산다

우녹수림

녹색이 비를 맞아
짙어질 때

나무가 가까이 둘러앉아
가지를 맞닿을 때

우리가 초록인지
바람이 초록인지
알 수 없는 오롯한 이곳

모래 위 굽은 솔들
눈을 감아야 향을 주는
저 무리들

아래 모인 방울들
비가 그쳐도
사이사이
구슬이 있다

투명물 속
세번째 숲

나무가 열네 그루면
요즘은 숲이다

토마토 요일

설거지를 하다
마음이 시로 가있어
컵을 깼다

무슨 요일에
씨를 뿌릴까

껍질은 떼어낼까
오븐에 고이 재워둘까

아무래도,
바르셀로나로 향한다

토마테 라마
토마테 페라
토마테 라프
토마테 오텔로

같지 않아
다른 빛을 머금은 빨강은
붉어도 검은 레드

나, 태어날 때
태양 같은 과일이었다*

* 토마토가 과일이든 채소든 무슨 상관이냐 싶지만 1893년 미국에서는 이 문제를 해결하기 위해 대법원까지 나섰다. 소송의 결론부터 말하자면 미 연방대법원 판례(Nix v. Hedden, the U.S. Supreme Court)에서 "토마토는 식물학적으로는 과일(Botanically Fruit)이고, 법적으로는 채소(Legally Vegetable)"라고 명시했다. 발단은 토마토가 과일이라고 주장한 한 과일 수입업자의 소송에서 비롯됐다.

〈토마토는 과일일까 채소일까〉 강석기, 월간 통상

올리브 오일 요일

시를 쓰다
마음이 얹혀
가스에 불을 지폈다

오일만을 두른 마늘
오직 너와 나

내 진액이 너를 흐리고
네가 점점 연기로 피어날 때
탁.

크레타 섬 언덕에
삼천 년 된 나무 있는데
그 열매 꼭 같더라

청동을 움켜쥐던 인류 손엔
사각의 사과들 들려있지만
내려놓고,

갈아보자 기름을
토마토
오일
소금
그리고 당신이 좋아하는 것들

태초의 가스파쵸.

지나간 내년

시간 참 빠르다고 하지 않을게

내년이면 벌써 일 년이다

당연한 걸 묻지 않을게라 말하지 않을게

차분하게

내려놓고

느긋한 돌을 둘게

반기는 마음은 북쪽으로 가

진정으로 너를 위할 수 있도록

남남동으로 (혹은 동남동으로)

진진심으로
진진정으로

내가 빨리 가버리면
같이 가던 너도 나를 지나가

지나가며
진하게 가자

오늘 밤 톨레랑스

오해보다 옷감이 빨리 쌓였다
용서할 수 있는 건 문제가 아냐

오늘 밤 용서할 수 없는 것을
삼켜야 하는 자정

12시가 지나면
너를 잊는다

너가 아닌, 너의 잘못을 잊으리라
너의 잘못을 치우니
너가 사라졌다
나, 지워졌다
이건 내가 바란 게 아닌데

3시 14분 너머
달라진 생각을 넘어

인간이니까,
인류애의 향을 피우며

삭히니
더 맛있는

홍어보다는
동치미처럼

피플스 퍼플스 관동별곡

동쪽을 보았으니
응당 노래를 하리다

강호에 병이 들어
정처 없던 정철

순채국과 농어회
고려 선배 안축

삼일포는 피플스 리퍼블릭에
총석정도 살아생전 보고 싶어라

우리 끝은 청간정
낙산사는 잠시 탔어요

경포에서 상상으로 배를 띄우니
그 유명한 달 하나 늘어나더라

인공 달을 뒤로하고 죽서루 거쳐
망양정 2005 신축하였다

월송정 달뜰 땐 바이올렛 블루
선조님 저는 이제 무명 정자 갈래요

교암리, 외로운 듯 조그마한 정자
잠시 눕자

노래, 때로 시는
말로 술을 빚는 것
원래는 밥이었다

눈 속에 작은 보랏빛
가지고 있다면

어디를 보든
관동별곡

2

언덕
陵

케일 라디오

주파수의 뿌리를 찾아온
씁쓸한 한낮의 날장

무엇을 감쌀 것인가

희멀건 국수를
잎 위에 조용히 올려본다

마당에서 갓 딴 너와
먼 곳에서 말린
탄수화물 안테나

가만히 있을 때엔
둘의 소리가 들리지만

우리, 움직이면
다른 음
다른 향이 파고들어

다이얼을 돌리자

잎 뒤로 마음을 감싸
속에 숨기자

동양 타코 무언가 감싼 쌈

곡물로 야채를 감싸거나
채소로 곡물을 감추거나

주문리 동동

소돌에 누워
밋밋한 해를 누르면

초록 빛 등대
기억 없고 피어 오른다

고려 가요 동동, 천 년 전 바쳤다는
5월 단오 약 생각도 나고

버림받기엔 그래, 6월 보름 어울리지
벼랑에 버린 빗같다던 나
그래도 나 잠시 님을 따랐다

구월 가을 아아, 당신 없어
국화꽃 피니(지니) 집은 더 고요해

홑이불 덮고 11월
이제 말한다 이것은, 슬프도다

소반 위의 젓가락
너에게 드릴 가락인 건데
엄한 12월 어느 손님이 가져다
물었다

아으 동동다리
아으 아픈 동동다리

비올라 올나잇

나무의 중간 울림
음의 홍수 뒤로

모든 밤
현의 위로

송진이 얹힌 활
미끄러져 시작해요

밤새는 새
비 오는 사이

소나무 진액으로
납땜도 하고
발레도 돌고
암벽도 올라

바이올린보다
나직하게
더블베이스보다 높다랗게
첼로보다 조금만
높지막이 올라

해 뜨는 소리 올 때까지

흐르는
비올라

그럼에도 불구하지 않고

무엇이 혹은 일이 그러하지만,
거기에 얽매여 거리끼지 아니하다
하건만

그럼에도
그것은 그렇지 않다

그랬으면 그런 거다
그럼에 그러므로

그럼에 불구하지 말라
그런 것을 그렇게
넘기지 말자
불구하지 말자

그랬으니 그럼이다
그렇지 않을 때
불구하자

그때는 불구하고
하자

그럼에
도를 붙일 땐

정말 그런 것 맞는지
묻자

강릉 미아

기분 좋게 길을 잃어줍시다

까짓거 경찰님은 부르지 맙시다

엄마 아빠 나는 몰라요

왜 우리가 이렇게 잃고 모였나

언제부터 지도는 버렸나

잃은 길 찾지 맙시다

집에만 가지 말고

허덕이지도 말고

마음 편히 헤매어 달리면

울어도 우리는

우리는 아름다운 아이

형태 리어왕

꺼져라 꺼져
짧은 촛불이여!

는 맥베스로구나!

“Nothing will come of nothing.” *

무에서 생기는 건 무뿐이다.

아무것도 없는 것에서 아무것도 나오지 않을 것입니다.

아무것도 아닌 건 아무것도 아닌 것 때문에 그럴 겁니다.

아무것도 아닌 것에서 아무것도 아닌 것이 나온다.

“Out, out, brief candle!” **

나와라, 나와

길이도 시간도
짧고 짧은 촛불

짧게 짧은 초
무로 생긴 무

* 〈King Lear〉 Act I, Scene 1, William Shakespeare
** 〈Macbeth〉 Act V, scene 5, William Shakespeare

챔을 채감

마음 편히 타이밍을 빼앗겼다
둘도 없는 그

사이가 사라진
방금 저 시간

눈치는 챌 수 없다며
채이는 것 뒤로한 채

멋쩍은 체
차원의 창 열어두고

간 것인지
갔기에 옆에 온 것인지

챈 눈치는 챘다고 할 수 없고
참 참을 수 없는 소음도

시 쓸 땐 재료로 칠 수 있는
멋진 도미
우아한 고수 잎
나른한 바우길 밭
발에 챈 주황 뿌리

갓 만난 여름

간밤에 실례가 많았습니다.
위대한 그 계절의 객기를
제가 막지 못했습니다.
방금 헤어진 푸른 봄 어지러워 말아요. 무서운 술들이 빠지는 간조가 오면 주막에는 다리가 생기고 단지 텀블러엔 물이 잠기고 어느 먼 동틀 무렵 바그다드 카페에서 기어 나온 다음 계절들이 소리 질러 부를 거예요.

이렇게 저렇게 물어도 단골의 어원은 당골이라고. 저 아래 서귀포 어드메 작은 바위 당을 매년 찾는 잊지도 않고 찾는 마음을 믿는 소박한 사람들 그 매무새가 당골이고 그것이 단골 되었다고.

여름이 갓 지나면 까마귀도 배 앞에서 날개 두 쪽 고쳐 매고 그 새가 묻자 우린 모두 날개가 갈 때를 안다고.
날개가 갈대로 갈 때.
갈대 아래 여름이 날 때.

갓 태어난 맛이 뭇 가을 벗 데려올 때. 너무 바로 겨울 올 때. 처서의 문턱에서 만난 지 며칠 만에 비 맞고 일찌감치 보내드릴 것만 같은 올여름 이맘때.

분홍 홍시 시름

앓던 너를 알고
걱정은 변한다

익은 속을 업고
입에 넣으면
없다 이 생각

홍색 열매는
변하기 전 걱정을 찾아가

너 걱정은 원래
'생각'이었다고
가벼운 씨앗이고
훕! 불면 날아가
보이지 않는 점이었다고
말한다

싫은 시름이 답한다
점은 원래 보이지 않는다고

있지도 않고
형체도 없고

그저 어떤 위치가 있을 뿐
찍을 수 없는 거라고

점을 점이라 찍으면
그것 이제 점이 아니라고

그루퍼 베이 드림.

간밤에 또 실례가 많았습니다.
위대한 그레이트 배리어 리프의
산호들이 산산이 부서지고

남은 건 우리 그루퍼 그룹의
몇몇 오래된 종족들

이 만의 가장 오래된
생선 선생님께
꼭 안부를 전하고 싶었습니다.

뭍에서 구운 빵을
물 속으로 가져다드리려니
어려움이 이만저만 아닙니다.

선생님께 닿기도 전에
여러 분의 물의 고기 님들이
흐물흐물해진 타르트와 팥앙금을
앙큼하게 오물거리며
베어 물고 유유히 사라지더란 말입니다.

거북 선배님을 태평양 편에 보내주시면
널리 퍼져 침투한다는
pervade 배송 서비스로
로켓보다 빨리
22번째 해구의 입구에 전해 드리겠습니다.

다소 느리게 점점 빨라지는 자유낙하를 거쳐
바닥 접시에 살포시
안착하면, 깊게 음미해 주셔요.

너 울지마라 말해줘

조심스레 말고
그냥!

그냥의 뜻처럼 그냥
그냥 그냥.

울지마라 말해줘
울지마라 라고 말고
"울지마"라고.

어떤 시간 지난다

말하지 말아요
숨을 쉬어줘

숨도 나눠주어
눈이 쉰 물
말려줘

그렇게
주어를 줄여 줘

미소 하마

하마만큼 입을 벌려
미소 지었다

아- 하

미소 없는 일을 벌여
하마가 온다

아하…

하마도 말이야
알고 보면 소에 속해있다는 말이지

강에 사는 말 아니고
너무 입을 크게 벌려버린
소

아 하는 사이
그 잠시의 미소

입의 끝을 따라가야
꼬리가 보인다

일의 끝을 따라가는
크게 벌인 입꼬리들

하마만큼 감당하리라

죄송 대신

밤에는 연기가 새어 나와
거친 맘도 풀이 죽지만

미안합니다.

어제는 물을 너무 많이 마셔
내가 떠올랐어요

무대 위 눈을 다물고
화면 아래 입을 머금고

송구합니다.

광대는 가끔 담을 넘어요
나도 지나면

묵직해지겠죠
보듬어주겠죠
두려워질 테요
기다려줄 테요

미련 대신
가끔
하늘 날겠소

야채 소리

채소 소리 듣기 질린 풀
야채 소리 듣기 싫은 뿌리

상대가 정한 대로 말고
평가하지도 말고

그냥 메에- 하고 불러줘

염소는 낮에 세상을 넓게 보고
야채 아닌 풀을 뜯고

바다가 궁금한
남항진 해변 옆 수염들

염소는 밤에 다시 동그란 눈을 갖고
채소 아닌 뿌리를 베고

얇은 수은 개구리

대낮에 깬
에어비앤비에서의 꿈은

구름 속 공기
깊숙한 장기를 휘감았다

수많은 당신의
미안한 텍스처

배드 앤 브랙퍼스트 중에
이제 많이들 아침을
깨우지 않고
차리지 않고
먹지도 않고

나풀거리는 조식 달걀 흰자가
저기 온라인에 떴어

예전엔 수은도 약이었고
개구리도 많았고

이제는 그저
침대와 침대만
나쁜 모닝
뷔페들만

초록빛 종류

이 책의 첫 장은
초록입니다

초록이
파랑으로 흘러도

첫 장은 변하지 않아요

푸르른 초록을 위해
첫 녹색 향해
지금 짚은 페이지와
또 몇 장, 넘기면

푸름은 점점
초록빛 파랑

마지막 장 변하지 않아요
그대로 있어요

조금 바래도
바래도 그대로

녹색도 청색도
이리 또렷하니
지나간 둘 모두 푸른색

그것을, 이제 소리 내어 말해주기
'푸르르다'

강릉호시절
부제: 강릉호詩절
©임호경

발행일 2022년 7월 1일

지은이 임호경
email imagine21c@hanmail.net
instagram @espace17717

디자인 전의영
instagram @__0e_

발행처 인디펍
발행인 민승원
출판등록 2019년 1월 28일 제2019-8호
주소 61180 광주광역시 북구 용주로 40번길 7 (용봉동)
전자우편 cs@indiepub.kr
대표전화 070-8848-8004
팩스 0303-3444-7982

정가 9,000원
ISBN 979-11-6756-173-2 (03810)